FOLIO JUNIOR

Irène Némirovsky

Un enfant prodige

FOLIO JUNIOR/**GALLIMARD** JEUNESSE

Préface

Irène Némirovsky avait vingt-quatre ans lorsque parut Un enfant prodige *dans* Les Œuvres libres. *Née à Kiev, en Ukraine, d'un père banquier assez riche pour avoir obtenu le droit de résider dans les quartiers de la vieille ville interdits aux Juifs, elle avait suivi sa famille à Paris au moment de la révolution d'Octobre. Non sans arrachement, même si elle aimait la France qu'elle connaissait bien : d'abord pour y avoir passé de nombreuses vacances ; ensuite parce que sa gouvernante française, substitut aimé d'une mère indifférente, lui en avait enseigné la langue et la littérature. Ceci avec tant de succès que rien, dans ses écrits, même précoces, ne trahit ses origines étrangères. Mais, en dépit d'une acclimatation facile, tout laisse à penser que l'exil creusa en elle une blessure profonde. Manquera toujours à cette asthmatique l'air pur et glacial des vastes steppes blanches. A cette Pari-*

sienne, le grouillement bariolé des ports de la mer Noire. *En quinze ans, elle publiera quinze livres, dont six –* de David Golder *qui fit sa gloire à la* Vie de Tchéckhov, *parue après sa mort –* ont pour cadre son pays natal.

Qui, parmi ses camarades de la Sorbonne, auprès desquels elle devait passer pour une jeune fille un peu trop riche, un peu trop gâtée, insouciante et frivole, se serait douté qu'au retour d'un bal ou d'une équipée à Deauville dans le tansad d'une moto, elle s'enfermait dans sa chambre et, à l'insu de tous, écrivait ? Et non les bluettes que l'on attendait des femmes de son époque mais des textes sombres, violents, cyniques même. Au point que l'éditeur de son premier roman, expédié incognito, n'en reviendra pas, quand il fera enfin sa connaissance, de voir débarquer dans son bureau cette gamine aux grands yeux myopes et la soumettra à un interrogatoire serré pour s'assurer qu'elle ne servait pas de paravent à quelque auteur chevronné, décidé à lui jouer un tour.

Mais elle était tout simplement, sous des apparences joyeuses et lisses, aussi tourmentée, mystérieuse et précoce qu'Ismaël Baruch, l'enfant prodige pour qui, des jeux de lumière sur les vagues aux ruelles sombres des quartiers pauvres, des larmes d'une mère pleurant son enfant mort de faim aux amours légères des filles à matelots, tout était matière à chansons. Et ses romans impressionnèrent critiques et lecteurs comme les poèmes improvisés de son petit héros captivaient aussi bien marins, prostituées ou tziganes dans les bouges du port d'Odessa que les barines et leurs princesses dans leurs palais. Elle aussi possédait ce « don » que rien ne peut faire éclore s'il n'est déjà là, même si les circonstances peuvent en favoriser l'émergence : cadeau injuste de la vie, que son détenteur paie – et parfois au-delà – d'une sensibilité aiguë au monde, cause de bien des blessures et des tourments.

Le petit Ismaël enchante donc par sa poésie spontanée tous ceux qui l'écoutent. Un aristocrate amoureux décide de l'offrir, comme un singe savant, à sa maîtresse. Le gamin en haillons change tout à coup d'univers. Il ne connaissait que la laideur, la vulgarité, l'ignorance ; il s'éprend du luxe et de la beauté. Mais surtout de sa bienfaitrice, la princesse, aux pieds de laquelle, vêtu à son tour comme un petit prince, choyé, dorloté, admiré, il chante ses chansons naïves pendant qu'elle étend vers ses boucles « de longs doigts blancs chargés de caresses ».

Un jour, il tombe très gravement malade. La maladie, c'est peut-être simplement l'adolescence, cette fièvre qui décape les charmes faciles de l'enfance, aiguise les angles, révèle les traits abrupts d'un visage en le dépouillant de son masque gracieux, dégage l'essentiel d'une personnalité qui n'est plus naturelle, mais construite, assumée. Le « don », parfois, ne résiste pas au cyclone. Ismaël, qui l'avait reçu en partage sans s'interroger sur lui, le met en question. Il trouve ses poèmes puérils et sans art. Il tente de pallier ses carences par l'étude, l'effort, l'imitation. Il n'est plus l'enfant prodige ; il ne parvient pas à devenir un homme de génie. Abandonné par la princesse, dont il aurait dû regarder non la bouche, qui lui plaisait tant, mais les yeux « lucides, narquois et savants », il se réfugie chez les siens. Malheureusement, il a trop changé : on ne l'y reconnaît plus. Partagé entre deux mondes, il n'appartient à aucun des deux.

Russe et française, juive et catholique – elle devait se faire baptiser par la suite – Irène Némirovsky était, elle aussi, déchirée entre plusieurs mondes. On ne peut pas, en découvrant ce « conte » écrit alors qu'elle ne pouvait rien deviner du terrible destin qui serait le sien, ne pas mesurer combien cette métaphore s'applique à son propre cas. Russe, elle a tenu, pendant la majeure partie de sa carrière littéraire, à devenir jusqu'au bout un écrivain français, privant son talent d'un de ses *ingrédients essentiels : sa musique slave. Juive, elle a refusé ses origines, allant parfois jusqu'à intégrer certains clichés antisémites qui affleurent dans la première version de* Un enfant prodige. *Française, elle a aimé ces paysages doux, si différents des décors violents de son enfance ; elle a fait siennes des mœurs policées qui lui semblaient être des garants contre la barbarie. Or l'assimilation, loin de la sauver, l'a détruite. Les pogroms, qui ruinent dans cette histoire le grand-père d'Ismaël, ne sont pas restés circonscrits aux bas quartiers de Kiev ou au port d'Odessa : galopant à travers l'Europe, ils l'ont rejointe, dans le VIIe arrondissement de Paris. Car l'intolérance, qui mène à la barbarie, n'est pas l'apanage d'un peuple ni d'une époque et, avant même d'assassiner physiquement, tue moralement en étouffant la différence, richesse des hommes. Les cailloux que le père d'Ismaël sème sur la tombe de son fils selon le rite juif, après avoir pié- tiné rageusement les fleurs que la princesse y avait fait déposer, couvrent aussi la fosse commune dans laquelle le corps d'Irène Némirovsky a été jeté.*

Au jeune gendarme lui proposant, en 1942, de fuir pour échapper au train qui devait la conduire à Pithiviers d'abord, puis à Auschwitz, elle répon- dit : « Je ne m'exilerai pas deux fois. » Peut-être fai- sait-elle allusion alors, non seulement à ce cruel voyage qui, en 1918, l'avait à jamais éloignée de sa chère Ukraine, mais aussi à cet exil intérieur dont elle avait sans doute compris, depuis les lois vichystes de 1940 sur le statut des Juifs, qu'il ne la sauverait pas. Pas plus qu'il n'avait sauvé le petit Ismaël, quittant sa pauvre famille pour les maisons des riches et perdant confiance en son « don » pour tenter de le remplacer par des leçons apprises.

Élisabeth Gille

Ismaël Baruch était né, un jour de mars où il neigeait très fort, dans une grande ville marine et marchande du sud de la Russie, au bord de la mer Noire. Son père habitait dans le quartier juif, non loin de la place du Marché ; il était de son état revendeur de vieux habits et de ferraille ; il portait encore le cafetan usé, des babouches et des courtes mèches bouclées, appelées *peïess*, de chaque côté du front, comme il sied. Sa femme l'aidait dans son commerce et lui faisait des enfants. Sur ses cheveux, coupés ras le jour de son mariage selon la Loi, elle avait une perruque noire, laineuse et frisée, qui lui donnait la vague apparence d'une négresse lavée par les neiges et les pluies du nord. Elle était travailleuse, point plus avare qu'il ne fallait et de bonne conduite ; elle se souvenait de temps plus heureux, car son père avait été riche avant qu'on ne brûlât sa maison, un jour de pogrom, le dimanche de Pâques qui suivit l'assassinat de l'empereur Alexandre II.

De son opulence passée, il ne restait à la mère d'Ismaël que deux anneaux d'or aux oreilles; ils lui étaient plus chers que la vue; ils tintaient avec un bruit clair, moqueur, tandis qu'elle allait et venait en robe d'indienne souillée et fripée, rangeant le magasin ou lavant le plancher le vendredi, ou coupant en toutes petites tranches le pain noir et les gousses d'ail qu'elle distribuait à sa maisonnée.

Celle-ci augmentait tous les ans, car les enfants pullulaient dans le quartier juif. Ils poussaient dans la rue; ils mendiaient, se querellaient, injuriaient les passants, se roulaient demi-nus dans la boue, se nourrissaient d'épluchures, volaient, jetaient des pierres aux chiens, se battaient, emplissaient la rue d'une infernale clameur qui ne s'apaisait jamais.

Les Baruch, pour leur part, en avaient eu quatorze. Dès qu'ils devenaient un peu grands, ils émigraient vers le port, où ils faisaient toutes sortes de métiers bizarres; ils aidaient les débardeurs, les portefaix, ils vendaient des pastèques volées, demandaient l'aumône et prospéraient comme les rats qui couraient sur la plage, autour des vieux bateaux.

Ils ne revenaient guère chez eux, happés par la ville ou par la mer ; beaucoup partaient sur les grands vaisseaux qui s'en allaient en Europe, chargés de céréales et de grains.

Mais la plupart mouraient en bas âge ; les épidémies infantiles sévissaient dans le quartier juif ; elles balayaient les enfants par centaines : les Baruch en perdirent ainsi la moitié. Leur voisin, le menuisier, consentait à clouer quelques planches en manière de cercueil en échange d'un vieux pantalon ou d'une casserole bossuée. La mère pleurait un peu, déshabillait le petit corps et le couchait dans la boîte neuve qui sentait la résine de sapin ; Baruch l'emportait sous son bras jusqu'au cimetière juif, triste enclos où les tombes privées de croix se pressaient les unes contre les autres, où les fleurs ne poussaient pas. Et, bientôt, un autre enfant naissait à la place de celui qui était mort, portait ses vêtements et occupait son coin sur la vieille paillasse qui servait de lit à toute la famille ; puis il grandissait et s'en allait à son tour.

Quand Ismaël eut dix ans sonnés, il resta seul. Il s'en aperçut à ce que sa part de pain et d'ail était devenue plus grosse et à ce que son père le mena un jour chez le Rabbi qui enseignait aux enfants du quartier l'alphabet juif, moyennant un rouble par mois ; c'était une somme que Baruch n'aurait pu distraire de son maigre budget s'il eût eu d'autres fils ou l'espérance d'en avoir, mais sa femme et lui devenaient vieux, et Ismaël était leur cadet.

Ismaël apprit bien vite à lire, à écrire, à psalmodier des prières et à réciter par cœur des versets de la Bible.

Chez le Rabbi il faisait chaud, et, l'hiver, Ismaël aimait à demeurer pendant deux heures, blotti dans le rayonnement du poêle, tandis qu'autour de lui une vingtaine de petites voix répétaient, sans se lasser, une phrase sainte, monotone et plaintive. Mais, quand on voulut lui apprendre à compter, il se sauva et s'en fut vagabonder dans le port, comme ses frères aînés avaient fait avant lui.

La ville était alternativement grillée par les soleils d'été ou cinglée par les vents d'hiver ; mais, au printemps, le flot sauvage et libre de la mer était chargé de tous les parfums de l'Asie. Ismaël aimait la ville et le port. Il aimait aussi la place du Marché, les matins d'été, avec ses amoncellements de tomates, de piments, de melons et les chapelets d'or des oignons entortillés autour des établis ; les marchandes ouvraient le ventre rouge des poissons ; dans des seaux d'eau salée marinaient de petites pommes vertes acides dont les ménagères faisaient des conserves. Ismaël ramassait sous les pieds des passants des *boubliks* [1] perdus ou une poignée de cerises à moitié écrasées par les chevaux ; les épluchures de pastèques traînaient partout ; il y avait des charrettes pleines de ces gros fruits lourds et ronds comme des lunes vertes ; on les coupait et on les débitait par tranches juteuses, rouges et sucrées ; dès qu'Ismaël avait un kopeck dans sa poche, il en achetait une et s'en allait tout le reste du jour en suçant la chair rose et fondante.

Sur la place du Marché, on voyait des hommes de trois races différentes qui se coudoyaient sans jamais se mêler : des Russes, avec leurs longues barbes pouilleuses et leurs yeux doux dans des faces simples, taillées en deux ou trois grands traits comme des joujoux de bois blanc, popes aux longs cheveux droits de Christ, paysans en blouses de coton, marchands en blouses de soie ; puis des Tartares, la tête enveloppée d'un turban, qui ne parlaient pas beaucoup et qui se contentaient d'offrir en silence aux acheteurs leurs éventaires chargés de nougat, de rahat-loukoum et de papier d'Arménie au parfum d'encens ; des Juifs, enfin, vêtus de leurs houppelandes graisseuses,

1. Pommes de terre.

qui sautillaient comme de vieux oiseaux, des échassiers déplumés, et qui comprenaient tout, connaissaient tout, vendaient de tout et achetaient davantage.

Et le soleil ruisselait sur tout cela, et l'éternel vent de la mer dansait joyeusement dans la poussière et, quand le soir venait, les cloches de l'église orthodoxe sonnaient, s'appelaient, se répondaient, étouffant la voix du muezzin monté sur le toit de l'unique mosquée ; sa silhouette muette et blanche se fondait doucement dans la nuit.

Mais Ismaël, à eux tous – Juifs, Tartares ou Russes – préférait la racaille indéterminée qui grouillait dans le port, peuples du Levant qui sentent l'ail, la marée et les épices, que la mer avait ramassée dans tous les coins du monde et jetée là comme une écume.

Ils dormaient tout le jour à l'ombre des barques qui pourrissaient dans l'eau stagnante du port ; mais, la nuit, ils se réunissaient dans les cabarets d'alentour, buvaient, se battaient et, quelquefois, chantaient dans toutes les langues de tous les pays de l'univers. Ismaël s'était lié avec plusieurs d'entre eux : matelots, portefaix, vagabonds. Il les aidait dans leur besogne et gagnait ainsi, tant bien que mal, son pain quotidien et, le soir venu, souvent, au lieu de rentrer au magasin, il les suivait au cabaret. Ces hommes s'amusaient à le faire boire. A dix ans, il connaissait le goût de tous les alcools divers, importés de tous les coins du monde, la vodka russe à la saveur de feu, le raki, le gin et de terribles mélanges qu'il avalait en grimaçant horriblement, mais sans une protestation, fier d'être admiré.

Alors sa tête se mettait à tourner, les murs enfumés de la taverne dansaient devant ses yeux las et, à travers la douce torpeur qui liait ses membres, les voix des chanteurs lui parvenaient plus voilées et plus profondes.

Un grand gars, qui s'appelait Sidorka et qui avait navigué des années durant sur la Volga avant d'échouer au bord de la mer Noire, apprit à Ismaël les chansons qu'on chante sur le fleuve. Ismaël les sut bientôt par cœur ; il avait un timbre pur, perçant et doux à la fois, et il chantait sans jamais se lasser jusqu'à ce qu'il s'endormît, ivre de musique autant que d'eau-de-vie.

Or, Sidorka vivait avec une fille à matelots, nommée la Lisanka, qui eût été jolie sans une terrible balafre sur la joue droite qui la défigurait ; Sidorka la battait comme plâtre et lui enlevait régulièrement le peu d'argent qu'elle gagnait. Elle vint à mourir. Sidorka vendit les pauvres

hardes qu'elle avait laissées et s'en alla au cabaret, et, quand il eut bu, il se mit à pleurer.

C'était une nuit d'été très chaude et pleine de
scintillements d'étoiles. Sidorka quitta la pièce
puante et vint s'asseoir dehors sur le parapet ; ses
jambes pendaient dans le vide ; un litre d'eau-de-
vie était à ses côtés.

Ismaël l'avait suivi. Dans l'ombre on entendait
clapoter l'eau du port et grincer les bateaux
proches. Ismaël toucha l'ivrogne du doigt :

– Tu as du chagrin ?

L'autre ne répondait pas ; il se balançait à la
manière d'un ours et chantonnait tout bas une
mélodie indistincte.

Il finit par dire d'une voix pâteuse :

– Chante-moi, petit…

– Qu'est-ce que tu veux que je te chante ?
demanda Ismaël.

L'autre, sans l'entendre, répétait toujours :

– Chante-moi, petit, chante…

Ismaël s'assit à califourchon sur le parapet et,
battant la mesure avec ses pieds nus sur la pierre,
il commença la complainte des Bourlakis ; mais
l'homme l'interrompit :

– Non, non, chante-moi de Lisanka, de
Lisanka…

– Tu es saoul, dit Ismaël.

Mais l'autre, avec son obstination d'ivrogne, le suppliait toujours. Puis il se prit à pleurer :

– Je l'aimais… Elle est morte…

Alors Ismaël, fermant les yeux, se mit à chanter, à psalmodier plutôt, d'une voix lente et pure qui vibrait singulièrement dans le silence de la nuit :

Elle est morte et, moi, je traîne mes jours inutiles
Comme le pêcheur traîne après soi des filets vides.

– Oui, oui, c'est cela, sanglota Sidorka, chante encore, petit.

Ils se balançaient tous les deux sur le parapet, la tête rejetée en arrière vers l'immense ciel où les étoiles tremblaient si fort qu'elles semblaient communiquer au firmament entier une espèce de douce vibration incessante.

Et Ismaël chantait toujours, grisé par les mots qu'il inventait :

Elle est morte, celle que j'aimais plus que ma vie…

Il s'efforçait de scander ses phrases selon la mesure des chansons populaires, et il poussait de temps en temps un *héyà* guttural et sonore que Sidorka reprenait d'une voix puissante. Quelques hommes sortaient du cabaret ; ils entourèrent

Ismaël en silence. Sur toutes ces natures grossières et rêveuses, la musique agissait comme le
vin ; ils écoutaient, ébahis, les paroles nouvelles…

Ismaël chantait toujours, et son cœur devenait
léger, léger dans sa poitrine, comme un oiseau qui
va s'envoler. Et une lucidité étrange habitait sa
pensée, comme celle que donne quelquefois
l'ivresse ou la fièvre.

Toute la nuit ils le firent chanter ; ils reprenaient
en chœur les refrains qu'il découvrait en son âme,
comme des trésors déposés là par Dieu, de toute
éternité ; ils lui versaient à boire quand il s'arrê-
tait, épuisé ; enfin, il se tut et roula sans se faire
de mal à bas du parapet sur le sable, où il s'endormit parmi les épluchures et les tessons de
bouteille.

La nuit suivante, au cabaret, ils le hissèrent sur
la table et, de nouveau, ils le firent chanter. Jamais
le petit ne réfléchissait d'avance à ce qu'il allait
dire : les paroles s'éveillaient en lui comme des
oiseaux mystérieux auxquels il n'y avait qu'à donner l'essor, et la musique qui leur convenait les
accompagnait aussi naturellement. Les querelles,
les cris, les rires fous des femmes grises ne le
troublaient pas, car il inventait sans relâche des
chansons à boire, pour lesquelles tout ce bruit,

toutes ces clameurs étaient indispensables. Ou bien, parfois, inclinant la tête de côté, il commençait de lentes mélopées plaintives que tous ces Slaves ne connaissaient pas et qui n'étaient qu'un inconscient écho des tristes chants juifs, venus du fin fond des siècles comme un immense sanglot, grossi d'âge en âge, jusqu'à son âme d'enfant. Alors, ils se taisaient, l'entouraient en cercle, se pressant pour mieux l'écouter, charmés, avec des yeux lumineux de rêve dans leurs faces de brutes.

Ils le forçaient à répéter vingt fois la même chose ; il s'y prêtait de bonne grâce, plus fier de son ascendant sur tous ces hommes qui l'eussent broyé facilement d'un coup de poing, que ne le fut jamais Orphée, enfant, parmi les bêtes fauves. Sa gloire devenait éclatante dans le quartier. Son âpre nature lui fit réclamer de l'argent pour chaque soirée. Des kopecks, on lui en jetait à poignées ; bientôt, il n'eut plus besoin de travailler autrement. Le jour, il dormait au soleil ou il polissonnait dans les rues ; les gamins de son âge le traitaient avec déférence, parce qu'il avait la protection de toute la lie du port. A la maison, cependant, sa réputation n'en imposait encore à personne ; voyant qu'Ismaël délaissait l'école, le père grondait et la mère se lamentait. Mais, comme

Ismaël rapportait de l'argent, on ne l'inquiétait pas. D'ailleurs, il ne faisait dans l'échoppe paternelle que de brèves apparitions : il étouffait dans cette ombre, cette moisissure ; cette médiocrité résignée lui était insupportable ; il lui préférait la misère de ses amis du port qui ne manquaient jamais du moins d'alcool, de musique et de femmes.

Les Baruch considérèrent peu à peu Ismaël comme perdu pour eux, autant que ses treize frères et sœurs, morts ou partis au loin ; et, habitués à souffrir, ils se contentèrent d'ajouter ce grief à tous ceux que le Seigneur se plaisait à infliger à eux et à leur race.

Depuis trois soirs, dans la taverne du Bout-du-Quai, un homme se mêlait aux matelots et écoutait Ismaël. C'était l'hiver, et les vents glacés venus de la steppe dansaient en rafales autour des portes closes. L'homme portait un manteau de loutre et un bonnet de fourrure enfoncé jusqu'aux yeux ; les habitués ne le connaissaient pas, et le patron le regarda tout d'abord de travers ; mais, une nuit, il offrit à boire à toute la compagnie, et, le lendemain, il laissa dans sa soucoupe deux billets de vingt-cinq roubles en paiement pour deux bouteilles de vodka à trente-cinq kopecks l'une. Aussi chuchota-t-on, quand il fut parti, que c'était un barine[1], et une des filles, Machoutka, prétendit le connaître pour l'avoir aperçu dans certains lieux mal famés du port. C'était un prince, disait-elle, généreux et riche, et il aimait à courir les maisons closes, les cabarets, et à boire. Cela ne les étonna pas outre mesure : les officiers, les seigneurs des environs échouaient souvent la nuit dans les *traktir*[2] du port, mais par bandes et jamais seuls, ainsi, comme celui-là, avec cette crânerie qui commandait le respect, sans personne pour le défendre contre tous les mauvais garçons. Il venait, s'asseyait sans mot dire et se grisait méthodiquement ; alors, ses yeux s'allumaient ; le plus charmant des sourires éclairait son fin visage ravagé ; il offrait à boire, puis il faisait danser les filles, et il s'en allait après avoir distribué de l'argent à tous ceux qui croyaient en Dieu, comme disait Sidorka.

Une fois, après qu'Ismaël eut chanté, il l'appela d'un geste incertain de la main :

– Viens ici, petit…

Ismaël, debout devant l'étranger, se laissait dévisager silencieusement. Certes, le barine était ivre mais, dans ses yeux injectés de sang, il y avait une admiration consciente qu'Ismaël ne

1. Membre de la classe supérieure.
2. Taverne.

connaissait pas. Le barine avança vers la tignasse bouclée du petit de longs doigts fins que l'alcool faisait trembler un peu.

– Comment t'appelles-tu ?

– Ismaël.

– Tu es juif ?

– Oui.

– Où as-tu appris tes chansons ?

– Nulle part… Je les invente…

– Qui t'a enseigné à traduire ainsi ce que tu penses et ce que tu sens ?

– Personne… Toutes ces choses que je dis chantent en moi…

Une expression de surprise passa sur les traits du barine, mais il ne dit rien. Il appela le patron, lui désigna simplement sa bouteille vide. Dès qu'il eut bu de nouveau, il se tourna vers Ismaël :

– Chante, petit… J'ai du chagrin…

Souvent Ismaël avait entendu cette phrase ou d'autres semblables, car tous ses amis du port venaient à lui lorsqu'ils étaient tristes. Il connaissait bien l'angoisse indistincte, lourde, qui pesait sur toutes ces âmes simples, dès qu'un peu de loisir leur permettait de penser vaguement à leur rude existence, à l'injustice du sort, à la misère, à la mort. De leur tristesse, Ismaël faisait facilement des chansons, comme on façonne avec de l'or brut des joyaux barbares. Mais la mélancolie du barine le déconcertait ; les grands yeux pleins de trouble et de rêve, fixés sur lui, parlaient un langage qu'il ne pouvait pas comprendre.

Cependant le barine attendait. Ismaël baissa les paupières et, tout à coup, il demanda :

– Pourquoi as-tu du chagrin ?

L'autre sourit tristement :

– C'est vrai, tu ne peux pas savoir... Elle est partie... Petit poète, chante pour moi et pour elle... Elle m'a quitté...

L'enfant saisit une balalaïka qui traînait sur une table ; il avait appris à s'en servir un peu, puis il commença d'une voix hésitante qui se raffermissait à mesure qu'il chantait :

Je suis triste, car ma bien-aimée m'a quitté ;
Chantez, buvez, camarades ;
Vos voix chasseront le noir démon de ma peine ;
Le vin noiera mon chagrin.

D'une main, Ismaël pinçait de temps en temps les cordes de la balalaïka, et il chantait de toute son âme, comme jamais encore il n'avait chanté : un orgueil inconnu, nouveau, envahissait son cœur.

Le barine écoutait, la tête dans ses mains. Quand Ismaël se fut tu, il demeura longtemps ainsi, sans parler, sans bouger. Puis il leva le front, fouilla distraitement ses poches, jeta devant lui de l'argent, des pièces d'or, des billets, et partit. Il chancelait en gagnant la porte ; Ismaël vit qu'il pleurait. Autour de la table, il y eut immédiatement une terrible mêlée ; on se disputait l'argent que le barine avait laissé ; les chandelles furent renversées ; il y eut des cris, des jurons, un bruit de lutte, des femmes qui hurlaient comme des chiens écrasés, le son mat et sourd d'un corps qui tombe. Quand on eut rallumé les bougies, on s'aperçut que tous les billets avaient disparu ; chacun soupçonnait son voisin ; mais le voleur était Ismaël, qui s'était glissé, agile comme un chat, entre les jambes des combattants et qui s'était sauvé en emportant le butin. Maintenant, il courait à toutes jambes dans les rues désertes du port. La neige le cinglait au visage en grands paquets mous et mouillés ; ses pieds nus étaient transis de froid dans les bottines défaites, trop grandes pour lui, qu'il perdait à chaque pas. Mais une allégresse inconnue soulevait tous ses membres, un tel sentiment de force orgueilleuse, qu'il dédaignait même de regarder où il allait, et qu'il semblait, en effet, dans sa course aveugle, rapide et sûre, porté par les ailes puissantes d'un dieu. Il ne s'arrêta que lorsqu'il fut venu buter contre le parapet du quai. A ses pieds, la mer roulait son flot libre et sauvage. Le petit garçon leva les bras avec un grand *héyà !* de triomphe, puis il repartit en courant. Il avait de l'argent plein ses poches ; les chansons naissaient sur ses lèvres comme le vent d'hiver sur les vagues, et il avait fait pleurer le barine... *Héyà !*

Pendant de longs mois, le barine ne revint pas. Ismaël menait toujours sa vie bizarre. Il allait sur ses treize ans ; il était grand et beau et, déjà, derrière une barque pourrie ou à l'ombre d'un mur, des femmes, complaisamment, lui avaient enseigné comment on fait l'amour. Après, elles aimaient à l'écouter chanter ; mais, tandis qu'elles soupiraient, attendries par les caresses, il fredonnait un refrain moqueur et se sauvait avec son rire cruel de petit homme.

Or, une nuit de décembre, on entendit aux portes du cabaret les grelots des traîneaux et les cris des cochers, et une bande d'officiers et de seigneurs ivres envahit la place. Ismaël reconnut parmi eux le barine ; il parlait très fort, gesticulait et, dans son visage rougi par le froid et l'alcool, ses yeux aux pupilles dilatées paraissaient immenses.

Ismaël dormait sur le poêle quand ils entrèrent.

Il se dressa en entendant le barine qui criait :

– Le petit Juif est-il là ? Le petit poète ?

Puis, apercevant l'enfant, il vint vers lui :

– Allons, descends de là... Suis-nous... Tu auras tout l'argent que tu veux... Mais, toute la nuit, il faut que tu nous suives, que tu chantes pour nous tes chansons les plus belles... Elle est revenue, tu sais bien ? ma beauté, ma reine... Allons, viens, viens vite, je t'en prie, vite...

Pressé, bousculé, Ismaël se trouva, sans savoir comment, dehors, enveloppé dans une couverture de peau d'ours et jeté comme un paquet au fond d'un traîneau. Puis il entendit des appels, des rires, des claquements de fouet, ensuite le long sifflement du vent dans ses oreilles et le cri particulier de la lame aiguë du traîneau qui court sur la neige durcie. Il demeurait sans bouger, blotti dans la fourrure, écarquillant les yeux dans la nuit, sans rien voir d'autre qu'une lanterne jaune qui dansait devant lui et qui éclairait la croupe couverte de neige des chevaux. Ils avaient quitté la ville et ils couraient à toute allure – dix ou quinze voitures se suivant à la file – à travers la campagne. Ismaël regarda à l'arrière du traîneau ; là, il vit deux ombres confondues en une seule qui s'embrassaient à pleines lèvres ; en les observant davantage il reconnut le barine et une femme vêtue de noir, avec un grand diamant à son cou, qui brillait d'une lueur fantastique dans la nuit. Alors, il se pelotonna contre les jambes de l'homme et de la femme enlacés sous la fourrure et il s'endormit délicieusement.

Pas pour longtemps. Il sentit qu'on l'emportait et, bientôt, il se retrouva debout au milieu d'une grande chambre pleine de monde. Plus tard, il sut que cette maison hors de la ville faisait partie du fameux « Village Noir » où habitaient les tziganes. Un à un, les traîneaux s'arrêtaient devant le perron, et des hommes ivres en sortaient avec des cris, des chansons, des rires ; leurs bottes, pleines de neige, craquaient sur les dalles de marbre du vestibule. Ismaël vit accourir à leur rencontre des femmes brunes, ornées de voiles et de sequins ; puis on ouvrit devant lui une porte et on le poussa dans une autre chambre, très petite, celle-là, avec de grands divans, des candélabres allumés, un poêle ardent et une table à deux couverts.

Ismaël, émerveillé, aperçut des roses dans des vases et d'autres parmi les plis de la nappe ; ses yeux s'ouvrirent tout grands d'admiration : c'était la première fois de sa vie qu'il voyait des fleurs en décembre.

Le barine entra, tenant serrée contre lui la femme en noir ; il la mena vers le divan et y tomba assis à côté d'elle ; puis, comme affamé, il se mit à couvrir de baisers son visage et ses mains. Dans la pièce voisine, les autres, attablés, menaient un infernal tapage ; de temps en temps, on entendait le bruit d'un verre qui s'écrasait avec fracas contre la muraille ; les rires fous des femmes grises entraient comme des vrilles dans les oreilles d'Ismaël.

Mais la femme ne semblait pas ivre ; ses yeux étaient lucides, narquois et savants. Elle aperçut Ismaël debout, immobile, près du poêle.

Elle dit :

– Cet enfant doit avoir faim.

Le barine balbutia :

– Certainement, certainement… ; qu'il aille aux cuisines, et…

Elle l'interrompit :

– Pourquoi donc ? qu'il soupe avec nous…

– Si tu veux… Tu n'as qu'à ordonner, tu sais bien…

Ismaël s'approcha, prit la chaise qu'on lui désignait et se mit à manger ; jamais il n'avait goûté des mets semblables, mais ce qui l'attirait surtout, c'était le champagne. La femme, à moitié couchée, à présent, sur les genoux de son compagnon, l'observait à travers ses cils baissés ; lorsqu'il voulut prendre la bouteille, elle l'arrêta du geste :

– Laisse… c'est mauvais pour les enfants…

Il reposa la bouteille sur la table avec un regard surpris.

Elle eut un léger sourire.

– Va ouvrir la porte, maintenant, et dis aux tziganes de venir.

Deux hommes et une dizaine de filles brunes, couvertes de bijoux, de grands voiles autour du front, entrèrent, et les chansons commencèrent et les danses.

Ismaël, étendu de tout son long sur le tapis, écoutait, le cœur battant, ces poèmes qui ressemblaient aux siens et cette musique barbare qui n'a pas sa pareille au monde. Les tziganes se levaient les unes après les autres et dansaient en faisant onduler leurs corps libres sous les voiles ; puis elles viraient sur elles-mêmes, plus vite, toujours plus vite, tandis que les spectateurs frappaient des mains, plus fort, toujours plus fort et que tout semblait tourner autour d'Ismaël dans une ronde effrénée, impudente et sauvage.

Tout à coup, il sentit que la femme en noir lui touchait le bras :

– Cela te plaît ?…

Alors, poussé par une singulière bravade, il répondit en haussant les épaules :

– Mes chansons sont bien plus belles, et elles

seront pour toi, seulement pour toi, princesse…
Après, personne ne les entendra plus…

– Eh bien, chante, dit-elle doucement.

– Fais-les tous partir et ordonne qu'on m'apporte une balalaïka, princesse…

– Pourquoi m'appelles-tu comme cela ?

– N'en es-tu pas une ? demanda-t-il naïvement.

Elle sourit de nouveau :

– Non, mais ça ne fait rien…

D'un geste de la main, elle pria les tziganes de s'arrêter et de la laisser. Ils s'en allèrent tumultueusement, en vidant leurs verres à sa santé. On donna à Ismaël une balalaïka, et il s'assit par terre, les jambes croisées sous lui, adossé au poêle. La princesse, la joue dans une main, le regardait, caressant distraitement, de l'autre, les cheveux de son amant, couché à ses pieds, qui baisait ses genoux à travers sa robe.

Ismaël leva vers eux une singulière petite figure anxieuse et pâle, hésita un moment, puis il se mit à chanter. C'étaient de simples et naïves paroles, les mêmes qui traduisaient si bien les peines et les joies des vagabonds du port, et, à cause de cela, elles touchaient dans les cœurs d'étranges cordes : elles n'avaient ni rime, ni cadence, mais un rythme naturel, comme celui du vent, de la mer, une harmonie mystérieuse et puissante.

L'enfant chantait d'une voix grêle et pure ; ses yeux fixés dans le vide semblaient suivre une page déroulée, visible pour lui seul ; les adolescents bibliques qu'animait le souffle de Dieu devaient avoir été pareils à lui.

Quand il eut fini, il regarda la princesse avec un orgueil simple et profond.

Elle se taisait.

Enfin elle dit :

– Petit, tu sais que tu seras un jour un grand poète ?...

Et elle ajouta comme pour elle-même :

– Le génie, petit... c'est ça...

Il ne disait rien. Qu'aurait-il dit ? Il ne savait pas ce que c'était.

Le barine, haussé sur un coude, prononça d'une lointaine voix d'homme ivre :

– Cet enfant... cet enfant... que t'avais-je promis ?

La princesse s'écria :

– Il ne peut pas rester ainsi... Regardez-le... il est misérable, ignorant, affamé,... un petit Juif du port... Et cependant, le génie est en lui... Ne voyez-vous pas ?

Le barine étendit sa main paresseusement vers le carafon de vodka :

– Il est heureux, ainsi... Il est heureux, parce

qu'il ne connaît pas son génie… Du jour où il le connaîtra, il sera malheureux… Moi aussi, j'ai été un grand poète…

– Et vous n'êtes plus qu'un ivrogne, je sais, acheva-t-elle durement ; puis se tournant vers Ismaël, elle questionna avec une sorte d'âpreté :

– Petit, n'est-ce pas que tu veux être, plus tard, un grand poète, être riche, être illustre ?

– Je ne sais pas, murmura Ismaël.

Une angoisse immense le bouleversait, la peur, la révolte devant cette femme qui voulait violenter sa libre vie.

Mais elle dit en fixant sur lui ses yeux sombres, ronds comme ceux d'un oiseau de proie :

– Vivre chez moi ?

Alors, baissant la tête, il dit :

– Oui.

Au matin, un traîneau de luxe ramenait Ismaël chez lui ; le père, qui ne l'avait pas revu depuis trois jours, crut en mourir de saisissement ; en apprenant ce qui s'était passé, il hocha plusieurs fois la tête, sans mot dire, et sortit, en recommandant à sa femme de ne pas laisser partir Ismaël jusqu'à ce qu'il revînt. Et il courut chez son beau-père qui était un homme de bon conseil.

Cependant Ismaël ne songeait guère à s'échapper de nouveau : il tombait de sommeil, simplement ; il se traîna jusqu'à un coin de la pièce, tira sur lui un pan de la houppelande paternelle et il s'endormit avec des visions de tziganes, de festins et de femmes vêtues de noir, des diamants au cou, qui dansaient autour de lui avec des rires muets de sorcières.

Cependant, Baruch prenait ses renseignements sur la princesse ; il sut bientôt qu'elle était la veuve de l'ancien général gouverneur de la ville ; il apprit également qu'elle possédait de grandes propriétés dans le sud, des raffineries et des forêts qui couvraient plusieurs milliers d'hectares. En dernier lieu, on lui dit le nom de son amant, le poète Romain Nord, en qui Baruch n'eut pas de peine à reconnaître celui qu'Ismaël appelait naïvement « le barine ». Nord vivait avec elle depuis six années ; elle le quittait et le reprenait selon sa fantaisie ; pour l'oublier, disait-on, il buvait, mais son terrible vice ne le sauvait pas : il prétendait voir, dans le vin, au fond de son verre, comme dans un miroir, l'impérieux visage de sa maîtresse.

Ayant couru tout le quartier juif, Baruch s'en retourna chez lui ; au magasin, la princesse l'attendait, parfumée, vêtue de fourrures noires ;

un petit chapeau sombre aux ailes déployées couvrait ses cheveux comme un oiseau de nuit.

La princesse s'imaginait être reçue ainsi qu'une bonne fée ; mais, à son grand étonnement, elle se heurta à une résistance inattendue. Or, elle était de ces créatures altières qui font plier le destin même à leurs caprices, comme on courbe le col à un cheval rétif, mais elle n'avait encore jamais eu affaire à un vieux Juif de la place du Marché. Quand elle sortit, après une heure de marchandages, de l'échoppe des Baruch, elle se trouvait leur avoir promis toute une petite fortune pour avoir le droit de se charger de l'éducation et de l'instruction d'Ismaël. Mais elle ne comprit qu'elle avait été dupe que lorsque tout fut réglé et même signé sur du gros papier graisseux ; il était trop tard pour reculer ; d'ailleurs, elle estimait que cet extraordinaire petit poète, avec sa tignasse bouclée, tombant presque dans ses yeux de feu, valait tout ce qu'on lui en faisait payer et même au-delà.

Ce fut avec un véritable plaisir qu'elle se mit à emménager la chambre dont Ismaël devait prendre possession le lendemain.

La princesse habitait un vieil hôtel au fond d'un jardin peuplé de statues ; de place en place, parmi les arbres noirs, une forme de marbre se dressait, souriante, et les yeux vides, et la neige soulignait d'un liséré blanc, semblable à du duvet, le pur dessin des beaux membres nus.

Le lendemain, Ismaël, silencieux et grave, se promena dans le parc et dans les pièces de l'hôtel, ornées de tapisseries et de glaces peintes à l'italienne d'oiseaux et de fleurs. La princesse, émerveillée, constata qu'il était fort à son aise parmi toutes ces choses, plus extraordinaires pour lui, pourtant, que les visions du Paradis. Et quand il fut baigné, coiffé, vêtu, comme un petit seigneur, d'un costume de velours, avec un grand col de guipure à pointes, il ressembla tout à coup à un portrait de Van Dyck, à un gracieux prince enfant aux boucles longues. Très vite, il s'accoutuma à sa vie nouvelle ; il y apportait la curieuse et précieuse faculté d'assimilation de son âge et de sa race, ainsi qu'un singulier attrait pour tout ce qui était beau, rare, de lignes nobles et de couleurs harmonieuses. Un instinct particulier semblait l'avertir de ce qu'il fallait dire et de ce qu'il fallait faire, quels étaient les mots appris dans le quartier juif qu'il ne fallait pas répéter, quels étaient les gestes de la princesse, à table ou dans d'autres circonstances de la vie, qu'il seyait, au contraire, d'imiter ; cela lui était facile, car il était doué de ce don inestimable de naturel, départi d'ordinaire aux très jeunes enfants.

La princesse se hâta de s'occuper de son instruction ; un vieux professeur du gymnase[1] vint tous les jours lui donner des leçons ; il apprenait vite et bien, avec une espèce d'avidité fiévreuse, un singulier regard affamé au fond de ses immenses yeux. Une seule chose étonnait la princesse : elle avait disposé, dans la chambre d'Ismaël, une quantité de livres : romans, récits de voyages, poésies surtout, mais elle s'aperçut qu'Ismaël les ouvrait rarement ; il semblait même éprouver pour eux une sorte de répugnance, quoiqu'il sût lire depuis longtemps le russe ainsi que l'hébreu, grâce aux soins du Rabbi du quartier juif. En revanche, il demeurait des heures entières blotti contre les jupes de la princesse, tandis que celle-ci jouait du piano ou chantait, et des larmes coulaient souvent, rondes et lourdes, lentement, le long de son petit visage pâle, extasié, levé vers elle.

Il aimait la princesse de tout son cœur, de tout son fiévreux et ardent petit cœur d'enfant prodige. Quant aux livres, ils le rendaient jaloux et malheureux ; inconsciemment, il se prenait à imiter les vers des autres ; alors, une espèce de rage haineuse le bouleversait ; ses anciennes chansons

1. Lycée.

lui paraissaient risibles, pitoyables, et les nouvelles, il ne savait pourquoi, étaient pires encore.
Jusque-là, il avait regardé la nature et les hommes
avec ses yeux à lui, et traduit ce qu'ils lui disaient
tout bas par ses paroles à lui, et voilà qu'entre le
monde extérieur et son âme se glissait le perfide
miroir déformant de l'âme d'autrui. Mais, quand
il s'approchait de la princesse, tout cela disparais-
sait ; ses yeux, sa bouche étaient des sources éter-
nellement renouvelées de chansons, comme
autrefois la mer... Celle-là, il l'avait délaissée
longtemps ; il se contentait de la regarder de très
loin, du haut du quai sévère, bordé de belles maisons, où il passait en voiture ; elle roulait ses
vagues bien sagement, au bout d'une plage de
sable fin, parsemé de coquillages roses. Un jour,
pourtant, il désira la revoir dans son intimité, dans
le port, où elle léchait les barques échouées
comme une chienne câline et grondante. Mais,
dès qu'il arriva au bout du rempart, il recula
devant l'odeur oubliée de vase et de poisson
pourri ; de même le quartier juif lui parut petit,
misérable, plein de vacarme et de puanteur. Ses
parents, d'ailleurs, avaient déménagé. Ils habitaient, à présent, une des plus belles rues de la
ville ; Baruch faisait des affaires, avec le vieux
Salomon, son beau-père ; il portait maintenant un

chapeau melon, des breloques d'or et se rasait le visage ; Mme Baruch avait au doigt une bague d'argent, ornée d'un diamant un peu jaune, mais de la grosseur d'une noisette ; elle ne faisait plus le ménage ; une domestique s'en chargeait ; elle cousait tout le jour, comme une dame, assise devant la fenêtre et elle épluchait le livre des comptes.

Deux ou trois fois par semaine, Ismaël venait les voir. Le Messie, s'il eût daigné descendre chez les Baruch, n'eût certes pas été reçu avec autant de respect et d'amour. Ils étaient fiers d'avoir pour fils ce luxueux gamin soigné, élégant, riche et beau, dont l'avenir prodigieux paraissait si certain. Cependant la vie d'Ismaël glissait avec la rapidité étrange des songes ; le jour il apprenait, lisait, montait à cheval, se promenait ; le soir venu, il accompagnait la princesse et Romain Nord dans leurs courses folles en traîneau à travers la campagne. Ils se querellaient devant lui ou s'aimaient selon les heures.

Ils descendaient souvent au « Village Noir », jusqu'à la maison discrète, entourée de sapins, où Ismaël était venu, une nuit, petit vagabond déguenillé. Il connaissait bien, maintenant, la longue route plate entre deux plaines blanches, le perron aux marches de bois, les salons surchauffés, les lampes aux abat-jour rouges qui mettaient dans la pièce une ombre rose foncé, comme celle qui se joue à travers les doigts quand on les présente à la lumière. Il mangeait sans surprise des mets délicats, maniait sans crainte son couteau et sa fourchette, et les fleurs, toujours là, hiver comme été, ne lui inspiraient plus d'émerveillement ; il coupait distraitement une rose, coûteux chef-d'œuvre qui venait, enveloppée de paille et de papier de soie, en droite ligne du fabuleux pays du soleil éternel, pour la piquer au revers de son costume de velours. Il connaissait par leurs noms toutes ces femmes brunes, avec leurs amples robes noires, leurs châles bariolés, le mouchoir rouge noué autour de la tête, qui chantaient avec de rudes voix profondes, étrangement douces par instants. Souvent elles dansaient en faisant s'entrechoquer leurs colliers, leurs bracelets, leurs anneaux d'or aux oreilles, en forme de croissant de lune. Ismaël les regardait, couché par terre aux pieds de la princesse. Quand il chantait à son tour, en s'accompagnant de la balalaïka ou de la guitare, les femmes agenouillées l'entouraient en cercle, comme les serpents qui écoutent le charmeur ; il voyait briller ces yeux noirs attentifs, se tendre vers lui les petites têtes ornées de plusieurs rangs de sequins, sourire ces bouches moites de vin, et une exaltation singulière le pénétrait, qui se traduisait en chansons emportées, joyeuses, en paroles qui claquaient, sonnaient comme des tambourins. Mais les femmes partaient, gorgées d'alcool et d'argent et, pour la princesse et le barine, Ismaël chantait de tristes chansons qui lui donnaient à lui-même envie de pleurer, mélopées traînantes et lentes, simples et douloureuses comme la musique de la pluie, du vent et de la mer.

Alors, la princesse étendait vers ses boucles de longs doigts blancs, chargés de caresses, et souriait de son sourire inattendu qui éclairait tout son impérieux visage et s'effaçait lentement, laissant aux coins de sa bouche une palpitation faible comme un frisson de lumière.

Le barine, la tête dans ses mains, écoutait, puis il buvait davantage et soupirait doucement : « Je m'ennuie », les yeux au loin, comme une confidence, comme une plainte, comme les vagabonds du port qui n'avaient point d'autres mots non plus pour exprimer toute leur peine. Puis il pleurait, et ses larmes coulaient dans son verre et se perdaient dans la mousse du champagne.

Tous les deux, ils disaient : « ... Petit poète... enfant prodigieux, merveille... »

D'autres fois, par-dessus sa tête, leurs yeux se rencontraient, voilés d'un désir brusque ; puis, longuement, sans une parole, leurs lèvres se joignaient. Ils s'embrassaient ainsi devant Ismaël, sans honte ni crainte, comme devant l'Eros d'ivoire, poudré d'or, de leur chambre à coucher. Et ils ne voyaient pas que l'enfant maigrissait et pâlissait tous les jours davantage ; ils ne remarquaient pas ses traits tirés, ses yeux creux, cernés, brûlants, ses petites mains, fiévreuses, aux doigts lourds ; il semblait respirer leur amour véhément comme une fleur empoisonnée.

Souvent la princesse organisait des fêtes chez elle dans le grand salon blanc ; elle faisait monter Ismaël sur une lourde table de malachite, et il chantait en s'accompagnant de la balalaïka ou de la *guzla* dalmate, dont la princesse lui avait appris à jouer de l'unique corde, très doucement. Ismaël chantait sans se soucier de tous ces hommes en dolman brodé, de toutes ces femmes en grande toilette, couvertes de pierreries, qui l'applaudissaient frénétiquement : il ne voyait que la princesse ; il ne quittait pas du regard les lignes sinueuses de sa bouche, qui s'entrouvrait lentement dans un sourire de contentement et d'orgueil.

Quand il avait fini de chanter, on le cajolait, on l'embrassait ; les femmes le prenaient sur leurs genoux, le pressaient contre leur corsage, passaient des doigts parfumés, chargés de bagues, parmi ses cheveux.

Et, plus que l'alcool terrible qu'il buvait autrefois dans les bouges à matelots, cette griserie subtile lui était dangereuse, car il était un homme, déjà, et, sous les robes, les formes devinées des beaux corps luxueux le troublaient d'une exquise et lente torture. On disait de lui qu'il était beau, on le flattait comme un bibelot précieux, comme une fleur rare, et le plaisir qu'il goûtait à tous ces propos échangés devant lui était, dans son acuité, presque douloureux, comme certaines caresses trop douces.

Dans un coin, tout contre un vase de marbre rose, dressé dans l'ombre, svelte et gracieux, avec ses bas-reliefs de nymphes dansantes et les masques de satyres qui ornaient ses anses, il y avait un grand fauteuil qu'Ismaël affectionnait tout particulièrement ; il se blottissait parmi les coussins, et il regardait le bal comme un tableau ; les écharpes, les dentelles tourbillonnaient devant ses yeux, comme font les nuages quand souffle dans les plaines le vent du nord ; de toutes ces femmes réunies un parfum indistinct et puissant montait comme d'un bouquet de roses ; un vertige délicieux gagnait doucement Ismaël ; il lui arrivait de s'endormir ainsi d'un sommeil délicat, coupé de songes légers, sa joue chaude appuyée contre la paroi lisse et fraîche du vase de marbre.

Puis, les femmes disparaissaient une à une, enlevées par de grands officiers aux houppelandes à mille plis vastes comme des crinolines ; les sabres traînaient sur les dalles du vestibule ; les grelots des traîneaux sonnaillaient doucement dans la ville endormie. Les valets venaient éteindre les lustres ; le salon obscur paraissait immense et plein de mystère ; les murs blancs étaient tout glacés de clair de lune ; le piano ouvert luisait faiblement dans l'ombre ; la corde d'un violon, hors de son étui, effleurée par un courant d'air, vibrait à peine, comme un soupir ; un éventail oublié gardait encore, parmi ses plumes, le parfum du bal, mêlé à l'odeur exaspérée des fleurs mortes. Dans le silence flottait comme un écho de la musique qui s'était tue, et les miroirs moites semblaient garder au fond de leur eau le reflet des visages qui s'étaient penchés sur eux, l'éclair d'un sourire.

La princesse s'approchait alors d'Ismaël et le baisait au front en lui souhaitant le bonsoir. Il se pressait contre elle sans mot dire, alangui par une trouble et subtile volupté et, dans les grands yeux de la princesse, un peu mélancoliques, un peu railleurs, un regard inexprimable passait tout à coup.

Une fois, comme elle le retenait ainsi, tout contre elle, un gros diamant, piqué parmi les dentelles rousses de son corsage, égratigna la joue d'Ismaël; l'enfant ferma les paupières, presque défaillant sous la blessure légère, et pâle jusqu'aux lèvres.

Surprise, la princesse écarta doucement la tête brune; elle vit le sang qui coulait de la petite déchirure.

– Je t'ai fait mal, Ismaël?

Farouchement, il secoua ses longues boucles:

– Non, non…

Elle faisait un mouvement pour s'éloigner; il se jeta contre elle, l'étreignit d'un grand geste passionné et gauche et, comme un fou, se mit à frotter sa joue blessée contre le dur diamant. Mais elle rit tout doucement, prit entre ses mains jointes le visage renversé de l'enfant, plongea son regard impérieux tout au fond des yeux immenses qui vacillaient et se fermaient, comme devant une lumière trop vive, puis elle le baisa sur les lèvres, méchamment, tendrement, comme on mord la chair rose d'un fruit.

Et elle disparut derrière les plis du rideau de velours bleu.

Tous les matins, à huit heures, un domestique venait éveiller Ismaël qui montait à cheval de neuf à dix, avec la princesse, avant la leçon quotidienne de grammaire russe. Or, ce jour-là, en entrant dans la chambre à coucher de l'enfant, Piotre vit son jeune maître, assis sur le lit, la chemise défaite, les cheveux en désordre, les yeux agrandis, brûlants, dans un fiévreux petit visage convulsé. Le domestique, pris de peur, lui demanda ce qu'il avait. Ismaël se mit à parler comme un fou, avec des rires, des phrases incohérentes et hachées; de grands frissons le secouaient. Piotre alla chercher la princesse. Mais Ismaël ne reconnaissait personne : il délirait.

Quand vint le médecin, il diagnostiqua sans peine une fièvre cérébrale et, comme il connaissait l'histoire du petit poète, il ne put s'empêcher de grommeler entre ses dents :

– Ça ne m'étonne pas, d'ailleurs…

– Est-ce qu'il va mourir ? demanda la princesse avec angoisse.

– Mais oui, dit le médecin, comme la chose du monde la plus naturelle.

Il estimait impossible de sauver ce pauvre petit cerveau d'enfant prodige, épuisé par la force même de son génie, et la princesse ne protesta pas. Elle pensait que cette mort précoce d'Ismaël serait belle, qu'elle achèverait dignement sa brève et singulière vie. Cependant elle avait des larmes aux yeux, mais c'étaient ces nobles et faciles pleurs qu'on verse en lisant une tragédie grecque, où la douleur est sereine comme un marbre antique.

Mais Ismaël ne mourut pas.

Pendant six semaines, il délira, brûla la fièvre, se cramponna aux bords du lit et aux plis des rideaux, les yeux chavirés, pleins d'épouvante, la sueur froide de la mort aux tempes et aux mains. La chambre était tendue de tapisseries que le temps avait passées au vert, et qui ressemblaient ainsi, effacées à demi, à ces paysages sous-marins qu'on voit au fond des étangs ; elles représentaient des scènes de chasse, mais les personnages avaient un air vague de monstres marins : l'étoffe rongée et décolorée par l'humidité les brouillait tous dans la même ombre indéterminée vert et argent.

Ismaël, terrifié, s'imaginait qu'ils l'entouraient en un cercle étroit et qu'ils tentaient de l'étouffer. D'autres fois il les prenait pour des cadavres de noyés (il en avait vu, jadis, dans le port) ; et il criait qu'ils allaient l'emporter, et il accusait la princesse de le livrer à eux. Puis il tombait dans de grands sommeils lourds et les domestiques se signaient et marchaient sur la pointe des pieds, comme dans les maisons où il y a un mort.

Les Baruch s'asseyaient de chaque côté du lit et gémissaient à haute voix en yiddish. Cet enfant qui mourait, c'était l'écroulement de tous leurs rêves, la fin de leur prospérité présente. Aussi le disputaient-ils à la mort comme une proie, avec une espèce de dureté obstinée qui faisait mal à voir.

Le printemps, cependant, était venu ; dans les jardins, il fleurissait les tilleuls, les arbustes de seringa et les acacias à grappes rosées. Une branche feuillue venait toquer à la fenêtre d'Ismaël, comme un doigt, et les lilas sentaient trop fort, et la poussière qui commençait à s'élever dans les rues de la ville était toute dorée, et les marchandes s'installaient dans les squares, sur les marches des perrons, sur les margelles des bassins et vendaient des fraises et de jeunes roses. Et, brusquement, avec les beaux jours, Ismaël guérit ; la fièvre tomba, il cessa de délirer ; il reconnut ses parents, le docteur, la princesse. Bientôt il se leva, grandi, fluet, amaigri, ses belles boucles coupées, ses joues transparentes. On le mettait sur une chaise longue devant la fenêtre ouverte, et il jouait tout le jour, à découper les feuilles des arbres avec des ciseaux, en dessins bizarres.

La princesse partait pour l'étranger ; elle voulait emmener Ismaël ; mais le docteur lui dit :

– Ce petit a besoin de calme. Son cerveau surmené est saturé d'impressions trop puissantes... La campagne, le repos, pas de travail intellectuel, surtout... Autrement son génie et sa santé y passeront et, ensuite, sa vie...

La princesse possédait à une journée de la ville une campagne, abandonnée à des régisseurs ; elle y fit envoyer l'enfant. Il ne pleura pas lorsqu'on le sépara d'elle, mais une immense angoisse emplit ses yeux et une expression de terreur profonde et muette ; ses mains crispées s'accrochèrent si fort à sa robe qu'il arracha un petit morceau de l'étoffe. Elle s'enfuit ; il demeura longtemps immobile, contemplant fixement le bout de dentelle qu'il tenait dans les doigts ; puis il le jeta loin de lui avec une sorte de rage et éclata en sanglots.

Le même soir il partait.

Ismaël ne connaissait pas la campagne. Quand il aperçut les grandes steppes qui commençaient à jaunir, les forêts profondes, les champs, les prairies, les pâturages, il fut déconcerté, troublé ; il se sentit malheureux et seul, infiniment. L'air trop pur fatiguait ses poumons, le ciel éclatant lui faisait mal aux yeux et le silence l'effrayait : il épiait, malgré lui, la clameur de la ville, le roulement des *drojki*[1] sur le pavé pointu, les cris des marchands, les chansons des cochers, l'éternel et doux bruit de la mer.

Le château était fermé. Ismaël habitait chez le régisseur, dans un grand pavillon au bout du parc ; sa chambre était au rez-de-chaussée, et les arbres l'entouraient de si près qu'il y faisait toujours un peu sombre, comme dans un sous-bois.

D'abord étourdi par le grand air, Ismaël demeura tout le jour au lit, somnolant, la tête vide et le cœur tout barbouillé, comme en pleine mer ; puis il put se lever, descendre au jardin, se promener dans la campagne.

Il s'approchait de la nature avec une sorte de méfiance instinctive ; elle le blessait ; il ne la trouvait même pas belle ; lui, le petit poète, qu'une rue en pente, fangeuse et obscure, sous un réverbère vacillant au vent du matin, suffisait à émouvoir, il ne parvenait pas à comprendre la noblesse, le charme de ses grands bois, de ses champs ; il la boudait ; il lui en voulait de son silence, de sa raison souriante, du calme dont elle enveloppait son cerveau fiévreux, de la torpeur trop douce dont elle le liait.

Il voulut composer de nouvelles chansons.

1. Voiture attelée.

Il prit avec lui un chiffon de papier, un crayon et il s'en alla dans un petit pré abandonné, plein de grandes ombelles et d'avoine folle. Et là, il attendit avec confiance le génie familier. Il connaissait si bien son approche ; son cerveau, alors, devenait singulièrement lucide, et les pensées s'y dessinaient avec une précision hallucinante, déjà toutes habillées d'images, toutes taillées et ciselées, comme par les mains d'un orfèvre mystérieux.

Mais, à présent, un vague et veule bien-être emplissait seul la pauvre tête lasse ; de l'herbe haute montait un bourdonnement continu, confus et doux, comme la chanson même du beau temps ; les oiseaux se taisaient ; une petite source voisine s'égouttait avec un bruit frais.

Et Ismaël répétait tout bas, comme un innocent, avec un bonheur tel que son cœur semblait se dilater d'aise, trois petits mots, toujours les mêmes : « ... Il fait beau... il fait beau... » D'une touffe d'herbe, à côté de lui, un papillon blanc s'éleva en zigzaguant ; les yeux agrandis, Ismaël le suivait du regard ; le papillon hésitait, se posait au bord tremblant des fleurs ; puis il repartait d'un vol ivre, et ses petites ailes palpitaient d'une vibration incessante, qui était comme le rythme même de l'été, comme le frisson, l'écho d'une mystérieuse musique venue du fin fond de la terre. Le papillon volait vers Ismaël ; alors, le petit jeta le papier, le crayon et, les joues en feu, avec un cri léger, barbare et naïf, il s'élança à sa poursuite. Et, depuis ce jour, il cessa d'écrire.

Il se levait avant le soleil ; le jardin, mouillé de rosée, dormait encore dans le singulier silence qui précède l'éveil des oiseaux. Il s'en allait dans les bois ; il déjeunait d'un morceau de pain et des fruits qu'il cueillait. Il marchait des heures entières à travers les ronces ou bien il sommeillait au bord d'un sentier ; il taillait des sifflets dans les roseaux, comme les petits garçons du village ; comme eux, il abattait les serpents endormis dans les fourrés ; il se baignait dans la grande rivière calme qui coulait autour du parc, entourant le domaine de la princesse comme une ceinture d'argent.

Dans ses promenades, il découvrait mille choses qui l'enchantaient ou le surprenaient, d'abord les oiseaux et leurs cris différents, puis la vie mystérieuse de la terre, des fourmis, des insectes, les plantes, les baies inconnues aigrelettes et sucrées, les fleurs, celles des bois, celles des champs, celles qui poussent dans la steppe, les grands iris noirs des bords de la rivière, les coquelicots parmi le blé… Le moindre brin d'herbe, à présent, le passionnait, le retenait immobile, captivé pendant des heures. Il commençait à éprouver quelque chose de jamais ressenti, une joie de vivre simple, saine et profonde, qui était pareille au plaisir de boire, quand on a soif, l'eau froide du puits, de dormir au soleil, sur la terre chaude et parfumée de juillet, de courir à perdre haleine, sans but, dans l'herbe, tandis que le vent fouette les cheveux en désordre.

Jamais Ismaël n'avait été un véritable enfant : là-bas, dans le ghetto, il avait toujours senti au fond de son cœur une espèce d'angoisse indéterminée, de désir vague, un orgueil trop puissant, une faculté presque torturante de se pénétrer de beauté et de tristesse. Mais cette vigueur, cette simplicité de l'âme, cette absence de pensées, de besoins, cette insouciance, cela l'emplissait, à présent, comme d'un sang nouveau ; il y avait dans sa tête, affaiblie par la maladie, deux ou trois idées claires : « il fait beau… il va pleuvoir… j'ai soif, mangeons des fruits… c'est le coucou … tiens, voici des mûres… » et, dans l'âme, du bonheur immense, lumineux, le bonheur des bêtes rassasiées, des plantes dans la chaleur de l'été.

Un soir, pourtant, la gloire d'un soleil couchant au-dessus d'une rivière pâle et calme, un silence surnaturel dans la campagne et, quelque part, très loin, le chant d'une paysanne qui ramenait ses vaches, la douceur fluide de l'air, les atomes dorés qui dansaient dans un dernier rayon oblique, tout cela remua en lui l'ancien génie, endormi depuis tant de mois. Mais, presque aussitôt, une paresse invincible engourdit son cerveau, une torpeur profonde ; une sensation de vide l'étonna, une espèce de fatigue pénible, d'écœurement. Il voulut persévérer ; à grand-peine, il rassembla une strophe ; alors, il ressentit dans la tête une douleur, une pesanteur insupportables et, de nouveau, une sensation de vide presque physique. Cependant, le ciel s'était éteint ; la rivière bleuissait, la voix de la paysanne s'était tue ; à la fenêtre d'une maison, à la lisière d'un bois que l'ombre reculait, une lumière brilla ; une autre s'alluma un peu plus loin ; la nuit élargissait encore la campagne immense ; dans un repli du terrain scintillèrent tous les feux du village, et, en renversant le front, Ismaël vit dans le ciel les étoiles qui s'allumaient aussi, une à une, comme les cierges dans l'ombre de l'église. Et il hâta le pas vers la maison, car il avait faim.

Il semblait que son corps prît pour lui seul toute la sève et toute la santé, sans en distraire une parcelle au profit du cerveau, doucement engourdi et tout endolori encore de la terrible secousse qui avait failli l'anéantir à jamais. Il avait grandi, engraissé ; des pieds et des mains d'homme terminaient ses jambes et ses bras, où les muscles saillaient ; ses joues étaient brun et rose ; quand il se baignait, il regardait avec étonnement sa poitrine qui commençait à se couvrir de duvet, et son corps qui changeait et qui perdait brusquement la fragilité, la gracilité, cette exquise finesse de bibelot qui plaisaient, jadis, tellement à la princesse. De l'enfant prodige, il ne restait plus rien, mais un beau gars poussait à sa place, un jeune homme robuste, pareil à tous les jeunes hommes. Et il se livrait ingénument à la joie d'être bien portant, simple et heureux.

Or, l'été finit, et une courte lettre de la princesse annonça qu'elle passerait l'hiver en Italie. Ismaël resta à la campagne. Il vit venir l'automne, les grandes pluies et, presque aussitôt, la première neige ; le magique hiver russe s'empara de la terre, des arbres et de la rivière ; il y eut des jours d'une immobilité, d'une sérénité surprenantes, des ciels roses au-dessus de forêts en sucre candi, des heures de silence blanc que troublaient seuls les grelots lointains des traîneaux des bûcherons ; il y eut des soirs d'apothéose, de merveilleux couchers de soleil qui incendiaient les steppes, et des nuits glacées, où tremblaient d'énormes étoiles, toutes bleues, et proches comme des regards d'amis. Ismaël passait alors ses journées dehors ainsi qu'au cœur de l'été ; il faisait des lieues dans la plaine, ou bien il partait avec les paysans sur leurs traîneaux rustiques qui glissaient le long des routes sans autre bruit que celui de l'éternel et mélancolique petit tintement des sonnailles aux cous des chevaux.

Mais, lorsque soufflait le vent du nord, rabattant sur la campagne ses rafales et ses tempêtes de neige, Ismaël se réfugiait au château. Il avait obtenu du régisseur la clef de la bibliothèque ; c'était une pièce basse, garnie de livres et de grands canapés de cuir noir ; il s'enfonçait au creux d'un fauteuil, auprès du poêle qui ronflait doucement ; dans chaque coin, il y avait sur un socle un buste de marbre aux traits calmes, aux yeux vides. Ismaël lisait. Sur les vitres, la glace avait tracé des dessins de forêts merveilleuses, des dentelles compliquées, des plantes et des fleurs de songe ; rien n'était comparable à la douceur, au silence de cette chambre close où vivaient les livres.

Ismaël lisait comme on s'enivre ; il sortait de ses lectures la tête en feu, égaré, ahuri, comme éveillé brusquement de quelque rêve. Il y avait des poésies qu'il ne pouvait pas répéter sans pleurer et d'autres qui l'emplissaient d'un sentiment semblable à la terreur. Et quand il se souvenait de ses chansons, elles lui paraissaient tellement misérables, tellement gauches, malhabiles et stupides, qu'il se sentait honteux, humilié et malheureux, infiniment. Il essayait de persévérer, d'imiter tous ces poètes à la voix d'or, mais un découragement immense s'emparait de lui ; les mots qu'autrefois il capturait ainsi que des oiseaux dociles s'envolaient loin de lui, devenaient redoutables et pleins d'un hostile mystère. Toutes ces rimes savantes, ce rythme dont « ils » jouaient avec aisance comme d'un instrument facile et sûr, cette science qui, d'un simple assemblage de paroles, créait une mélodie particulière, plus riche, mille fois plus variée que la musique, tout cela l'écrasait, le pauvre petit, lui mettait aux yeux des larmes de rage, d'impuissance et de désespoir. Il ne comprenait pas comment la princesse et le barine avaient pu écouter sans rire ses strophes barbares, avec leurs assonances naïves, leurs périphrases grossières, leurs images crues ; il ne se rendait pas compte du charme qu'avait, aux oreilles de ces blasés, sa poésie spontanée d'enfant prodige.

Rejetant avec dégoût l'art populaire qui l'avait inspiré sans qu'il s'en doutât, il s'efforçait de copier servilement Pouchkine, Lermontov, les étrangers, les anciens et, naturellement, il ne parvenait à rien et il se débattait parmi les rimes rebelles comme un fou qui s'essaierait à tirer des mélodies de Wagner d'un méchant pipeau. Alors, il se mit à lire des ouvrages de critique, de doctrine, s'imaginant dans son innocence que la poésie s'apprend, comme les mathématiques, à force d'application et de bonne volonté. Ce fut le désastre. Au nom de lois qu'il ne déchiffrait pas plus que du chinois, il vit que les uns condamnaient ce que les autres approuvaient ; il s'égara dans la forêt inextricable des jugements littéraires ; il perdit complètement la tête ; mon Dieu ! il fallait donc répondre à tant d'objections quand on écrivait, satisfaire à tant d'exigences multiples et contradictoires ! Puis, pour son malheur, il lut les livres savants où on analyse l'action d'écrire, tous les rouages complexes du mécanisme de la création ; et, alors, il fut pareil à un homme qui, au moment où il va accomplir un geste insignifiant, rechercherait tous les infiniment petits dont se compose sa volonté d'agir, et il demeurait hébété, désemparé en face de sa feuille de papier obstinément blanche. Alors, il levait les yeux, voyait devant lui la campagne étendue et se sauvait loin de la science des hommes.

Le printemps vint et la fonte des neiges. Dans la ville voisine, Ismaël fit la connaissance d'une petite fille de son âge, la fille de l'épicier, Jacob Schmul. Il était juif, il y avait beaucoup de Juifs dans la petite ville, et ils s'occupaient assez librement de leur commerce. Elle s'appelait Rachel et portait la robe brune des écolières, le tablier noir à bavette ; de chaque côté de son visage pendaient deux longues tresses rousses, rudes comme des queues d'étalon. Elle venait attendre Ismaël dans les chemins défoncés, où s'embourbaient les voitures ; il la guidait par la main le long des ornières bordées de neige fondue, brune et épaisse comme la croûte d'un pâté, jusqu'à l'épicerie qui était la première maison du bourg. Il causait avec le père dans la langue yiddish, chantante et rauque, qu'il n'avait pas oubliée. Schmul laissait Rachel et Ismaël ensemble sans crainte : l'enfant était juif, et Schmul n'avait peur que des *goïs*, officiers et gentilshommes qui venaient boire dans les cabarets d'alentour, le samedi soir : ceux-là seuls déshonoraient les filles juives sans peur ni remords.

D'ailleurs, il ne se trompait pas. L'idylle de Rachel et d'Ismaël fut innocente tant que dura la fonte des neiges. Mais, au printemps, elle changea de caractère avec les longues promenades dans les prés et les vagabondages parmi les bois. Ismaël entrait dans sa quinzième année : l'irritant parfum des tresses rousses lui rappelait les femmes qui lui avaient enseigné, tout enfant, les gestes de l'amour.

Ils allaient ensemble se promener dans les forêts, les steppes. Ils se faisaient de sournoises caresses. Et puis, par une belle matinée de juin qui sentait la fraise, il la prit parmi les branches d'un bouleau abattu qui gisait dans la clairière. Et, pendant tout l'été, ils jouèrent à l'amour, comme ils avaient joué aux « brigands ». Vraiment, il semblait que la nature bornée, obstinée, voulût à toutes forces qu'Ismaël revécût l'enfance que ses amis du port et ensuite les caresses des belles dames lui avaient volée. Mais sa puérilité tardive avait le goût trouble et compliqué de tout ce qui ne vient pas à son heure.

Un jour – c'était le mois d'octobre qui s'accompagne en Russie de brouillard, de froid subit, de longues averses précoces – , Ismaël venait de quitter Rachel, la laissant dans la remise où ils avaient passé deux heures ensemble ; il montait le perron de la maison, quand il vit à son grand étonnement la femme du régisseur qui le guettait.

– Dépêche-toi, Ismaël, lui cria-t-elle, on t'attend.

Ismaël, tout pâle, s'arrêta, pétrifié de surprise ; brusquement, tout le passé le frappa au visage, comme une bouffée de parfum... « On... » qui cela pouvait-il être sinon la princesse ? L'amour oublié lui gonfla de nouveau le cœur – , il revit la figure impérieuse, la robe sombre, le dur diamant qui meurtrissait sa joue... Il s'élança dans le vestibule, en bousculant la femme qui souriait. Mais il ne vit pas la princesse. C'était son père qui l'attendait, en buvant avec le régisseur de grands verres de thé. Son père... vieilli, amaigri, plus voûté ; une courte moustache à l'américaine remplaçait les *peïess* d'autrefois. La première déception passée, Ismaël lui sauta au cou avec une joie véritable ; le père le regarda longtemps de ses petits yeux scrutateurs.

– Comme tu as grandi, finit-il par dire avec un hochement de tête, plein de blâme : comme tu as grandi...

Ismaël le questionna sur sa santé, celle de sa mère, sa vie, ses affaires ; il répondait brièvement sans cesser de dévisager son fils avec une expression chagrine. Une fois il dit :

– On t'a coupé tes boucles ?

Et comme Ismaël protestait en riant :

– Voyons, mon père, j'ai quinze ans.

Il dit avec un sourire mince, aigre-doux :

– Je sais… je sais bien… tant pis…

Puis, âprement, il questionna :

– Tu travailles ?

– A quoi donc ? je n'ai pas de professeurs, demanda Ismaël, surpris.

Le père fit de la main un geste vague :

– Peuh, peuh… tu comprends bien… pas du travail d'école… mais tes chansons, tes poésies ?…

Ismaël baissa la tête comme un coupable ; Baruch secouait le menton sans rien dire ; il dévisageait avec un déplaisir évident ce grand adolescent vigoureux, aux gestes gauches et aux traits quelconques, si différent de l'enfant qu'il avait connu.

Il finit par prononcer en plissant les lèvres :

– J'espère que je n'arrive pas trop tard…

Ismaël coula vers son père un regard craintif de garçonnet pris en faute.

Baruch continuait :

– Demain, nous partirons d'ici… Je suis venu te chercher… Tu es tout à fait guéri maintenant, je pense… ajouta-t-il avec la même expression d'hostilité inexplicable.

Ismaël balbutia :

– Oui, oui, sans doute…

Puis il demanda, la voix étranglée :

– C'est la princesse qui me rappelle ?...

Baruch fit une fort vilaine grimace qui voulait passer pour un sourire :

– La princesse... Elle ne se souvient plus beaucoup de toi, mon garçon... La princesse... Elle a ramené d'Italie deux grands chiens... un singe et une espèce de grand vaurien qui pince de la mandoline... ou du violon, je ne sais plus...

Il hésita un instant et conclut :

– Aussi, j'ai pensé... Je suis venu te chercher... Il faut rafraîchir la mémoire de la princesse... c'est une femme, une grande dame... c'est oublieux...

Cette nuit-là, pour la première fois depuis quinze mois, Ismaël ne put dormir. Il avait beau se tourner, se retourner dans son lit, il ne parvenait pas à alléger son cœur lourd d'une angoisse indéterminée. Et toujours le même sentiment de honte cuisante l'affligeait, sans qu'il pût parvenir à en démêler la raison obscure.

Le lendemain matin, il fit ses adieux à Rachel dans la remise. Elle l'avait attendu, calme et fraîche comme toujours ; elle avait eu, en le voyant, un petit sourire sournois et un regard effronté qu'il connaissait bien, qui l'intimidait toujours un peu. Il lui annonça froidement qu'il allait partir ; elle lui paraissait tout à coup tellement lointaine.

Il fut très surpris quand elle se mit à pleurer et un peu irrité. Il lui dit : « Je reviendrai… », en regardant à terre, l'air gêné. Puis il l'embrassa et se sauva, tout étonné, dans son innocence de petit homme, de l'expression inattendue, soumise et désolée de ses yeux.

Dans le train, le père expliqua à Ismaël qu'il avait fait sur la dernière récolte de froment des spéculations désastreuses ; pour tout dire, il devait à Rabinovitch, le plus intraitable des usuriers (« ton grand-père, en comparaison, est un ange du Seigneur »), la somme coquette de cinq mille roubles ; naturellement il s'était adressé à la princesse, mais elle l'avait couramment envoyé promener. Cependant elle avait toujours tellement gâté et chéri Ismaël, son petit poète, qu'elle lui accorderait facilement cette bagatelle, il en était certain. Baruch le disait, le répétait à Ismaël, immobile, silencieux ; mais une irritation inexplicable l'envahissait. Certes, la princesse n'aurait rien refusé à l'Ismaël d'autrefois, mais à ce gros gars niais ? Et le père continuait à le questionner âprement sur ses chansons, lui demandant s'il en apportait pour les montrer à la princesse, exigeant presque qu'il en composât tout de suite, devant lui, sans voir le regard terrifié, ahuri du pauvre gamin.

Finalement Baruch s'assoupit dans son coin, et Ismaël, courageusement, se mit à l'œuvre. Le train filait avec son bruit énervant, trépidant ; l'enfant, la tête congestionnée, essayait vainement d'assembler les idées, les mots, les rimes rebelles. Rien... il ne trouvait rien... et les larmes lui montaient aux yeux ; une rage impuissante lui tordait le cœur. Puis il s'endormit, lui aussi, mortellement las.

Le lendemain, Baruch le mena chez la princesse. Ismaël reconnut bien le boudoir bleu, le fauteuil profond, le coussin où il s'était si souvent agenouillé aux pieds de la princesse ; cependant il demeurait hébété, paralysé d'une timidité atroce ; tout ce faste qui ne l'avait ni étonné, ni troublé alors qu'il n'était qu'un malheureux petit vagabond déguenillé, voici qu'à présent, il lui coupait la respiration, l'empêchait de parler, de se mouvoir, de penser. Il avait perdu l'éphémère royauté enfantine. La richesse de sa vision intérieure, autrefois, obscurcissait pour lui le monde visible. Autrefois, tout cela, les tapis, les parfums, la beauté impériale de ce visage de femme, il l'acceptait avec aisance, avec naturel. Autrefois, il avait été un enfant prodige ; à présent, il n'était plus qu'un garçon gauche et stupide comme les autres... La princesse le regardait de ses yeux froids. Deux chiens blancs dormaient par terre à côté d'elle. Elle-même était vêtue de blanc. Ismaël tremblait de tous ses membres ; une espèce de brouillard flottait devant lui, à travers lequel se dessinaient seulement avec une pénible précision, ses mains à lui, rouges, trop grandes, aux ongles rongés, nerveusement crispées l'une contre l'autre. La princesse fit la moue. Quel dommage !... Voilà donc ce qu'il était devenu en grandissant, l'enfant merveilleux ? Un adolescent robuste et rude, sans beauté ni génie... Elle essaya, cependant de le faire parler.

– Eh bien, Ismaël, ne me reconnais-tu pas ? Est-ce que je te fais peur ? Pourquoi ne dis-tu mot ? Voyons, pendant ces quinze mois, as-tu composé de nouvelles chansons ? Dis, voyons, parle...

Les tempes bourdonnantes, la gorge sèche, il balbutia :

– Oui, madame.

– Eh bien, dis-les-moi.

Désespérément, il se taisait.

Elle lui posa encore quelques questions, tâchant d'adoucir sa voix mordante. Mais il baissait la tête toujours plus bas et murmurait seulement : « Oui, madame, non, madame, » avec un air stupide, les lèvres figées d'angoisse.

Impatientée, elle finit par le renvoyer.

Wunderkind... c'était cela qu'ils avaient trouvé pour lui faire mal... « Enfant prodige »... Oh ! l'ironie de cette appellation ! Ils ne le maltraitaient pas, ne le grondaient pas, ils le regardaient simplement avec des yeux narquois et durs, et sifflaient entre leurs lèvres serrées en un vilain allemand, mâtiné de yiddish : « *Wunderkind.* » Le père, la mère, le grand-père et toute la kyrielle des Juifs qui s'étaient enorgueillis de ce génie éclos miraculeusement parmi eux, tous ils répétaient avec mépris et colère : « *Wunderkind,* va, *Wunderkind* », jusqu'à ce qu'Ismaël, pourtant doux et incapable de méchanceté, se sentît des fourmillements au bout des doigts, des envies rouges de les tuer tous. Était-ce sa faute, après tout ? C'était trop monstrueusement injuste, à la fin, d'exiger de lui qu'il eût du génie ! « Travaille, lis », lui répétaient-ils, tous ces ignorants, tous ces imbéciles. Et il travaillait, le malheureux gamin, sans ordre ni méthode ; il passait des nuits entières penchant sur la table sa tête lourde à éclater. Il écrivait, raturait les méchants vers qu'il déchirait tout aussitôt, paralysé par l'idée qu'il faudrait les soumettre à la princesse.

Il habitait chez ses parents à présent, mais non plus dans l'appartement qui était devenu trop cher pour eux depuis que les libéralités de la princesse avaient cessé, mais chez Salomon, le beau-père de Baruch, dans la vieille petite boutique du ghetto. Toute la nuit, Ismaël entendait ronfler le vieux à travers la mince cloison ; la lampe à pétrole fumait, le faisant tousser ; il se souvenait avec désespoir de la campagne, de la libre vie insouciante ; puis il la maudissait, voyant en elle, non sans raison, peut-être, la perte de son génie, car il essayait de comprendre... Pourquoi s'étaient-elles tues, les chansons qui naissaient autrefois spontanément sur ses lèvres ? La maladie en était-elle la cause ? Ou bien, au contraire, le retour à la santé, à la vie normale ? Son génie avait-il été une espèce de morbide fleur, éclose seulement parce que sa vie avait été violente, excessive, malsaine ? Avait-elle besoin pour s'épanouir de la trouble atmosphère des cabarets du port, de l'excitation du vin, des caresses ? Hélas ! c'était tout simplement qu'il entrait dans la difficile période de l'adolescence, que son corps, brusquement devenu celui d'un homme, dérobait à l'intelligence sa sève, que la nature, bienfaisante, en voulant le faire vivre, interrompait, dans sa sagesse, la source divine de son génie. Mais personne ne le lui disait ; personne ne lui faisait espérer retrouver plus tard le don délicieux et fatal, plus tard, quand il serait un homme… Personne n'était là pour lui chuchoter : « Attends, espère »… Ils étaient tous penchés sur lui, autour de lui, accrochés à lui, comme des humains qui veulent ouvrir de force de leurs doigts sacrilèges une fleur. Et, dans le silence désolé de la nuit il sanglotait, se sentant si faible, si petit, torturé lâchement, injustement. Il pensait à la princesse, comme à une terrible divinité ; il se souvenait de s'être blotti, autrefois, sans crainte, dans ses bras, dans la chaleur de ses seins. Pour-quoi ne l'aimait-elle plus ? Il jalousait furieuse-ment les grands chiens blancs… Pourquoi ne le laissait-elle pas demeurer à leur place, à ses pieds ? Puis il sanglotait plus fort, avec une humi-liation plus douloureuse qu'un mal physique… Ils étaient beaux, ces chiens…

Pour la dixième fois, ce mois-ci, Baruch avait traîné Ismaël chez la princesse et, de nouveau, à toutes ces questions, le petit avait opposé un mutisme d'imbécile, se contentant de la regarder avec les yeux angoissés d'un chien qu'on veut noyer.

– Que voulez-vous ? nous nous sommes trompés, dit légèrement la princesse. Mettez-le en appren-tissage ; voilà tout… Je paierai, ajouta-t-elle.

Puis comme, vraiment, ce vieux Juif obséquieux et son ridicule gamin l'ennuyaient, elle dit :

– Mon secrétaire vous remettra l'argent…

Il est inutile de revenir…

– Feignant, idiot, avorton ! grommelait le père inconsolable.

L'argent ne le satisfaisait pas. Avoir rêvé d'être le père d'un poète illustre et se trouver en face d'un futur cordonnier ou fripier !… Et puis, qui le prendrait en apprentissage, à quinze ans, habitué comme il était à une vie aisée, luxueuse ?

Il gémissait avec sa femme et son beau-père, appelant sur la tête de la princesse les plus sonores malédictions juives, n'épargnant pas, d'ailleurs, l'enfant qui les avait si inexplicablement dupés.

Enfin, au bout d'un mois, il put placer Ismaël chez un de ses cousins, tailleur dans le port.

Pendant trois semaines, le pauvre petit, ahuri, malmené, dut apprendre à tirer l'aiguille dans une pièce sombre et malpropre qui puait l'ail et le pétrole.

Une immense tristesse l'écrasait, un sentiment affreux de déchéance, une vaine et stérile révolte contre la vie, les êtres, Dieu…

Une nuit d'hiver, au lieu de rentrer chez lui, il s'en fut errer dans le port ; au carrefour des routes, il hésitait un peu, puis prenait, sans jamais se tromper, le chemin qu'il cherchait, parmi toutes ces ruelles obscures et fangeuses : d'instinct, il se dirigeait vers le *traktir* du Bout-du-Quai ; le bruit de la mer qui frappait les murs du môle le guidait. A la fin il s'arrêta ; il reconnaissait le perron aux marches disjointes, et la lanterne rouge, un peu plus loin, en face de la maison publique.

Quelqu'un jouait, tirant d'un harmonica des sons grêles et pauvres, et des voix avinées reprenaient en chœur un triste et obscène refrain. Ismaël entra ; rien n'avait changé ; il vit, comme s'il les avait quittés la veille, les tables recouvertes d'un torchon malpropre, la lampe sous l'icône dans un coin, le samovar, les bouteilles rangées le long du mur. Mais les hommes n'étaient plus les mêmes, ni les femmes : les uns étaient partis ou morts ; les autres, sans doute, à l'hôpital ou en maison.

Cependant, Ismaël tressaillit : en face de lui, un homme buvait, le barine. Son bonnet de fourrure enfoncé jusqu'aux yeux, il tenait le verre de vodka dans sa main tremblante ; il avait changé, vieilli ; son menton mal rasé lui donnait un air malpropre ; Ismaël vit aussi que ses vêtements étaient vieux, rapiécés.

Il s'approcha :
– Bonjour. Me reconnaissez-vous ?

– Toi, petit ! …

Sur le visage atone du barine, un sourire, confusément, passa.

Il désigna à Ismaël un escabeau en face de lui.

– Assieds-toi là… Veux-tu boire ?…

Il parlait difficilement, et les mots semblaient s'embrouiller dans sa bouche, comme s'il avait perdu l'habitude du langage humain. Le garçon s'assit, tourmentant timidement des deux mains sa blouse. De s'être courbé, tout le jour, sur son minutieux travail, il gardait des fourmillements dans les doigts, des élancements dans la nuque, des picotements aux paupières ; il avala d'un trait un grand verre de vodka ; ce fut comme si du feu coulait brusquement le long de ses veines. Cependant il se taisait, étrangement remué par l'aspect du barine ; ses yeux, surtout, rouges et gonflés, l'hypnotisaient.

Le barine demanda :

– Tu n'habites plus… là-bas ? …

Ismaël baissa la tête :

– Non…

Puis, il osa questionner :

– Et vous ?… La princesse ?

Le barine passa sur son front une main hésitante :

– Tu vois bien…

Ils buvaient, s'enfonçant dans une espèce de délire morne ; ils écoutaient battre leur sang ; le monde visible s'enveloppait de brume et d'ombre.

Une idée confuse passa dans le cerveau d'Ismaël… il fallait rentrer… le lendemain… se lever tôt… le travail… Il esquissa le geste de se lever, puis retomba lourdement :

— Laisse, va, conseilla le barine, il n'y a que ça de bon…

— Je suis si malheureux, balbutia Ismaël, si malheureux…

Les larmes coulaient, âcres, sur ses joues ; il les essuyait du revers de sa manche poissée d'alcool.

Le barine haussa les épaules :

— Malheureux… regarde-moi… Roi, j'ai été plus qu'un roi… Oh ! mes vers… mes beaux vers… Pourquoi Dieu m'a-t-il donné le génie pour le reprendre si vite ? Ne crois pas que je blasphème… Dieu, vois-tu, est redoutable, et je ne dis rien contre Sa Gloire… Je demande seulement avec une humilité désespérée : « Dieu Tout-Puissant, pourquoi m'avoir retiré ce que Vous m'aviez donné ? L'ai-je jamais employé autrement que pour glorifier Votre œuvre et Votre créature ? J'ai été un bon ouvrier, Seigneur, pourquoi m'enlever l'outil des mains ? »

Ses mains, il les éleva en l'air, tremblantes ; puis il les posa sur les cheveux d'Ismaël.

— Petit, petit, comprends-tu, comprends-tu ?... Là, dans ma tête, là, dans mon cœur, il y a des vers, de beaux vers... Je les sens qui battent de l'aile comme des oiseaux... là, tu comprends ? Et je ne puis pas les écrire... Quand je veux les saisir, ils s'envolent... loin... loin... Tu ne diras à personne ?... Avant, aussi, ils s'envolaient... Alors, je les capturais de nouveau, dans le vin ou sur « sa » bouche... Mais, à présent, quand je bois, c'est ma tête, ma pauvre tête qui me fait mal à éclater, et on dirait que des démons méchants me narguent... « Tiens, là... un effort... encore un petit effort... encore un seul, tout petit... » Rien, rien... Écoute, je vais te dire, ne le répète à personne. Peut-être... je n'ose pas le dire tout haut..., peut-être qu'ils sont morts, mes oiseaux merveilleux ; peut-être que c'est seulement un petit tas de plumes, un tout petit tas de plumes mortes... Seigneur, Seigneur, pourquoi m'avez-Vous enlevé mon génie ?

Il prit la main d'Ismaël sur la table et, vaguement, la caressa.

— Elle m'a chassé... Je l'aimais pourtant... Je pleurais... Elle m'a regardé et elle s'est mise à rire... Pourquoi, dis-moi ? Est-ce ma faute ? Est-ce ma faute si je ne puis plus écrire ? Je l'aime pourtant... Petit, petit, qu'est-ce que nous avons fait au bon Dieu pour être si durement châtiés ?

Puis il se tut et, de nouveau, se mit à boire. Il y avait dans ses yeux comme une immense stupeur...

Le cabaretier vint les avertir qu'on fermait. Ils s'en allèrent dans la nuit froide.

Ils marchaient en se tenant aux maisons. A terre, ils virent une masse noirâtre que des hommes penchés entouraient : c'était un cheval mort ; ses longues dents luisaient faiblement dans l'ombre.

Le barine dit :

– Si je savais encore écrire, je conterais l'histoire d'un cheval que j'ai eu... Il était beau... Boïar, il s'appelait ainsi, et il avait vraiment l'air d'un seigneur parmi les bêtes... Je me souviens de ses membres fins qui tremblaient après la course, mouillés de sueur. Il était devenu vieux, très vieux... Je ne l'aimais plus... Il était bien soigné, c'est vrai, mais je n'avais plus l'orgueil de lui dans mon cœur... Ses yeux qui me suivaient semblaient si pleins de choses... Je comprends à présent ; il me demandait : « Pourquoi ? Ce n'est pas ma faute, cependant... J'aurais voulu être beau et jeune, encore... Tu as honte de moi... Moi, je t'aime… » Je l'ai tué, petit… La mort, seule, nous sauve… Si on pouvait mourir !…

– On peut toujours mourir, dit Ismaël.

Une grande lumière se faisait jour en lui, un grand apaisement.

Le barine courba les épaules :

– Moi, j'ai peur.

Le lendemain, on trouva Ismaël pendu dans le hangar ; son corps se balançait au-dessus des bûches amoncelées en tas ; il s'était donné la mort avec simplicité, une mort modeste, sans éclat, dans un coin sombre du hangar, parmi les toiles d'araignée… Ses parents le pleurèrent beaucoup ; après tout, il avait été un enfant docile et bon, intelligent même. Pourquoi s'était-il suicidé ? Les enfants sont étranges et cruels. A présent, ils demeuraient seuls dans leurs vieux jours…

Ismaël fut enterré dans le cimetière juif, parmi de très vieilles tombes qui s'effritaient doucement ; personne ne les soignait, car le cimetière était situé loin de la ville, les chemins mauvais, défoncés par les neiges.

Au printemps suivant, ses parents vinrent le visiter ; ils trouvèrent sur la pierre un bouquet de roses encore toutes fraîches ; ils reconnurent là un hommage de la princesse. Ils le jetèrent loin d'eux : la loi des Juifs défend de donner des fleurs aux morts qui ne sont que pourriture. Le père, l'âme pleine de courroux et de scandale, piétina longuement les roses. Mais avant de se retirer, selon le rite, il jeta sur la tombe de son fils une poignée de cailloux.

Puis il s'en alla.

C'est ainsi que vécut et mourut Ismaël Baruch, l'enfant prodige.

IRÈNE NÉMIROVSKY
L'AUTEUR

Née en 1903, à Kiev, en Ukraine, dans un milieu juif aisé, Irène Némirovsky avait vingt-quatre ans lorsque la revue *Les Œuvres libres* publia *Un enfant prodige*. Elle vivait alors en France depuis l'âge de seize ans, ses parents ayant fui la révolution d'Octobre pour venir s'installer à Paris. Elle y menait une vie facile et riche de jeune fille gaie tout en préparant une licence de lettres à la Sorbonne.

En 1929, elle publia chez Grasset, *David Golder*, un roman qui frappa par sa puissance et sa maturité. Un film en fut tiré, avec le grand acteur Harry Baur dans le rôle principal. L'année suivante, elle récidiva avec *Le Bal*, dans lequel Danielle Darrieux fit ses débuts à l'écran.

Elle eut deux filles et écrivit avec brio une douzaine de livres. Mais elle était juive, et en 1940, les lois du gouvernement de Vichy l'obligèrent à s'exiler avec sa famille dans un petit village de Saône-et-Loire. Le 13 juillet 1942, elle fut arrêtée par la police française avant d'être déportée à Auschwitz où elle mourut un mois plus tard.

Irène Némirovsky a publié de nombreux romans dont *Films parlés* chez Gallimard en 1934. En 2004, sa fille cadette, Denise Epstein, fait publier aux éditions Denoël un roman inachevé *Suite française*, qui obtient la même année le prix Renaudot.

Découvrez
d'autres grands romans du XXe siècle

dans la collection FOLIO **JUNIOR**

Mise en pages: Karine Benoit

Loi n° 49-956 du 16 juillet 1949
sur les publications destinées à la jeunesse
ISBN 2-07-055094-X
Numéro d'édition: 137841
Premier dépôt légal: février 2005
Dépôt légal: mai 2005
Imprimé en Espagne par Novoprint (Barcelone)